INVENTAIRE
Yf 10,655

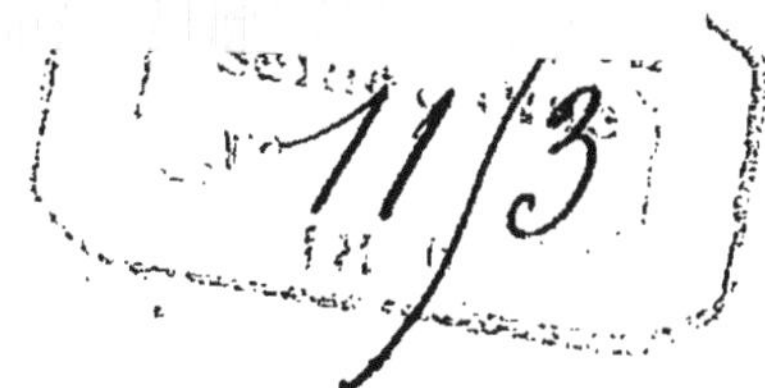

E. PINCHIA.

BLUETTES

PARIS

LAPLACE, SANCHEZ ET Cᶦᵉ, ÉDITEURS

3, RUE SÉGUIER, 3

E. PINCHIA.

BLUETTES

Y f 10655

BIBLIOTHÈQUE NATIONALE
R.F.
IMPRIMÉS

E. PINCHIA.

———

BLUETTES

———

PARIS

LAPLACE, SANCHEZ ET Cie, ÉDITEURS

3, RUE SÉGUIER, 3

—

A

VITTORIO DI MARMORITO

QUAND IL REVIENDRA

PIÈCE EN UN ACTE, EN PROSE.

PERSONNAGES

DE CHAVENAY.
LA MARQUISE DE LYS.

Chez la marquise — Au jardin.

QUAND IL REVIENDRA

SCÈNE I

LA MARQUISE, *en entrant.*

Bon ! une dépêche à présent ! Cela devient ef-
frayant, cette tournure officielle de ma saison.
(*Lisant la dépêche.*) Tiens, monsieur de Chavenay... il
arrive de l'Allemagne et il s'annonce pour aujour-
d'hui. Lui ! mais il y a des hasards étranges. Cette
pauvre Claire qui m'écrit ce matin du fond de sa
triste villa... elle s'ennuie, la pauvre enfant, tandis
que son aimable époux court les eaux d'Allemagne. Pensez donc, quel train ! Ah ! monsieur de
Chavenay, il arrive à propos. Je vais au moins
faire une bonne action. Ma pauvre Claire, va, je te
stylerai ton cher Georges. Elle m'a écrit une lettre !
(*La sortant de sa poche et la lisant.*) « Je mène une vie
« assez triste, ma chère Renée, dans ma solitude ;
  mais je pense si souvent à lui, que les journées
« s'écoulent, et elles sont encore trop courtes... car
« je l'aime de toute mon âme. » Pauvre cher amour !
(*Continuant sa lecture.*) « Et je puise dans ma so-
« litude les pensées et les inspirations qui pourront
« le rendre heureux quand il reviendra. » (*Elle remet la lettre dans un livre qui est sur le guéridon.*)

1.

Qnand il reviendra ! Cher ange ! Monstre d'homme, va ! et tu cours l'Allemagne en attendant. On dirait un fait exprès. Si la femme se mêle d'être sage et honnête, c'est le mari qui prend la volée. C'est inexplicable. La vertu de sa femme devient pour le mari le signal de la fuite. Il ne peut plus rester en place. Les horizons calmes, sérieux ! on dirait que cela l'agace et le tourmente. Il les trouve monotones. Les grandes routes toutes frayées l'ennuient, et... un temps de galop... le voilà fourrageant dans les plates-bandes. Pauvre mignonne ! De l'amour, rien que de l'amour : pas même une plainte... Ah ! monsieur de Chavenay !

SCÈNE II

La même, CHAVENAY.

CHAVENAY, *entrant.*

Comment ! madame, une invocation à mon adresse ?

LA MARQUISE.

Vous voilà ! bonjour, Chavenay. Ah çà ! m'expliquerez-vous?... Mon Dieu ! quelle horrible barbe ! Vous l'avez empruntée à Arminius ?

CHAVENAY.

Toujours belle et toujours railleuse...

LA MARQUISE.

Et vous, plus que jamais mauvais sujet, coureur capricieux... Ah ! cette barbe ! Mais vous êtes bien laid, savez-vous, monsieur de Chavenay ?

CHAVENAY.

Mon Dieu, madame, la plus belle barbe du monde...

LA MARQUISE.

Ne gâtez pas un si joli mot. Votre barbe n'en vaut pas la peine, je vous assure. Dites-moi plutôt quelle est la blonde fille du Rhin qui a exigé de vous cette plantureuse ?....

CHAVENAY.

Oh! par pitié, madame, n'évoquez pas les souvenirs de mon voyage. Que j'ai donc baissé, mon Dieu! Plus de chance, plus d'aventures, plus de charme pour moi, dans cette vie vagabonde, sur les chemins de fer, aux buffets et aux tables d'hôte. Tout y est maussade et ennuyeux. La chaleur, la poussière, les soucis des bagages, les voisins de compartiment qui ne sentent pas bon : voilà mes impressions d'Allemagne !

LA MARQUISE.

Mais que vous êtes donc morose aujourd'hui, mon cher Chavenay, mon pauvre beau lion blessé!... (*Mouvement de Chavenay.*) Laissez-vous-le dire, cher ami, car à coup sûr ce n'est pas la crinière qui vous manque...

CHAVENAY.

Mais, madame...

LA MARQUISE.

Ah ! vous n'avez pas apporté cette barbe d'Allemagne pour rien. Vous le savez, je ne m'y laisse

guère prendre et je vous connais, beau masque.
Donc, voyons, là... une belle histoire de vos faits
et gestes. Ce n'est pas vous qui rompez avec les
traditions. Vous ne me ferez pas croire, au moins,
que vous ayez planté là votre femme, toute seule...

CHAVENAY.

Ah! oui, parlons-en de ma femme.

LA MARQUISE.

Mais certainement! et de quoi vous parlerai-je,
puisque vous êtes bouche close sur vos succès
d'Allemagne ?

CHAVENAY.

Et encore mes succès! Si vous saviez, madame,
comme je me suis profondément ennuyé en voyage!
quelle tristesse dans ces kursaals, si animés jadis
pour moi! quelle vue hideuse que toute cette
foule!... Ah! c'est une lugubre chose qu'un doux
souvenir quand le présent est si maussade !

LA MARQUISE, à part.

Je te vois venir. Attends! (Haut.) Ah! mon pauvre
Chavenay, vous avez donc bu aux sources sacrées
du Rhin. C'est ce qui vous donne ces élans élé-
giaques... Soignez-vous, mon cher, c'est la pire
des maladies!

CHAVENAY.

Et pourtant, c'était encore si bon ce souvenir...
Je reconnaissais les sites, les promenades ; mon
cœur se réjouissait en entendant les mêmes or-
chestres, jouant les valses de ce temps...

LA MARQUISE.

C'était en 1865, n'est-ce pas? si je ne me trompe...

CHAVENAY.

Comment, marquise, comment, Renée, vous avez
tout oublié... même la date!

LA MARQUISE, *à part.*

Renée, encore! (*Haut.*) Que voulez-vous, mon
cher? il s'est passé tant de choses après... D'a-
bord, vous vous êtes marié !

CHAVENAY, *en se levant.*

Ah! vous êtes injuste !

LA MARQUISE.

Comment, injuste? Tenez! autant vaut que nous
en parlions tout de suite. C'est au moins bien sin-
gulier tout ce que vous venez de dire. Vous me
faites la cour, un an, deux ans, très-gentiment, je
vous l'avoue. Vous me suivez aux eaux, à Bade, et
là, dans la Forêt-Noire, vous me débitez un tas de
jolies choses, un charmant fonds de magasin, tout
ce que votre pèlerinage dans vos légations vous a
laissé de galant et de tendre. Un beau soir sur la
terrasse, après dîner... c'était après dîner, je crois...
vous vous jetez presque à mes genoux et vous lan-
cez votre déclaration... Votre gilet... craque, je ris
comme une folle, et vous voilà vous sauvant à travers les groupes. Le lendemain point de Chavenay.
On n'en sait rien au kursaal ; à l'hôtel on nous dit
qu'il est parti... Pour où donc? Ligne de Stras-
bourg. Les tailleurs allemands n'avaient garde de
raccommoder les habits de monsieur le comte.
(*Riant.*) Six mois après je rentre à Paris, et la
première chose que je trouve chez moi est une

lettre de faire part, qui m'annonce le mariage
de M. le comte avec Mlle Claire d'Aubeuil. Le
raccommodage était fait. J'avais beaucoup connu
la mère de Claire à Vienne, quand nous étions
en ambassade, mon père et moi. Je cours faire
ma visite à la comtesse de Chavenay. M. de
Chavenay se trouve par hasard dans le salon ;
il rougit, se trouble et finit par être impoli...

CHAVENAY.

Ah ! madame !

LA MARQUISE.

Je vous ai déjà pardonné. Claire m'aime beaucoup ; je la vois souvent et j'apprends d'elle une
foule de contés plus verts que bleus sur M. de
Chavenay. M. de Chavenay, lui, ne vient pas
chez moi, il m'évite, il se sauve quand j'entre
chez sa femme, et malgré cela Claire a bien la
bonté de ne pas se brouiller avec moi. Il y avait de
quoi, je vous assure, il y en avait même de trop...
Or donc, le reste de l'histoire...

CHAVENAY, avec feu.

Le reste de l'histoire, vous ne le savez pas.
Un beau matin, ce bourru de M. de Chavenay
se réveille plus triste et plus morose. Sa femme,
cette bonne Claire, avec son éternelle placidité le
fatigue. Avec ses cheveux blonds et sa tournure de
sylphe, ce geste calme, cette voix mielleuse, elle a
plus que jamais l'air d'une personne en quête d'un
piédestal... de son mari que lui importe ? elle est
au-dessus de tout cela... elle !

LA MARQUISE.

Quel drôle de corps!

CHAVENAY.

Le pauvre Chavenay fait sa malle, monte en wa-
gon et va... où? Il l'ignore lui-même. Mais il fuit
avec horreur ce calme plat qui lui a ôté les délices
de la lune de miel. Son étoile, est-ce bonne ou
mauvaise? le mène en Allemagne. Là, dans ces fo-
rêts aux enchantements fantastiques, autour de
ces cathédrales qui s'estampent finement dans les
crêpes de brume, une figure de femme lui appa-
raît sans cesse, le poursuit, le fatigue, le charme,
l'irrite, tour à tour. Il se souvient : tout un passé
plein de charme, d'enivrement, de poésie, lui re-
vient dans l'âme, et il arrive, et il tombe à vos genoux et vous dit : (*il tombe à genoux*) Renée, voulez-vous m'aimer encore...?

LA MARQUISE, *avec un sérieux comique.*

D'abord, mon ami, j'espère que votre tailleur...
(*Riant.*) C'est vrai, ce n'est pas après dîner...!

CHAVENAY.

Ah! vous êtes cruelle, vous!...

LA MARQUISE, *subitement tendre.*

Cruelle, moi! Ah! vous ne le croyez pas, Georges...

CHAVENAY.

Et si je le croyais, serais-je revenu vers vous,
mon amie, mon idole! Ah! si vous saviez comme
j'ai palpité délicieusement tout à l'heure, ici, en
vous voyant comme toujours blanche et belle, avec

votre tapisserie dans vos mains de fée ! Comme
autrefois !... Comme autrefois le cœur me battait
fort, et un passé enchanteur me revenait à la mé-
moire. Oh ! Renée, que je t'aime !

LA MARQUISE.

Mais qui est-ce qui vous prend donc ? Une telle
déclaration à moi, venant de vous !

CHAVENAY.

Ah ! ne dites pas un mot de plus, je sais ce que
vous pensez en ce moment... C'est une folie ou
un enfantillage. (*Excité.*) Tenez, voici vos fleurs,
ces marguerites blanches qui vous parent si bien...
elles vous confirmeront ce qui est la seule vérité.
(*Il se met à genoux en effeuillant la marguerite.*) Je
t'aime, un peu, beaucoup...

LA MARQUISE, *à part.*

Oh ! mais cela commence à devenir grave... Ma
pauvre Claire !

CHAVENAY, *continuant.*

Rien du tout...

LA MARQUISE.

Tenez-vous-en là, Chavenay.

CHAVENAY, *continuant.*

Un peu, beaucoup, passionnément !....(*Avec feu.*)
La dernière ! passionnément. Ah ! je t'aime.(*Il prend
les mains de la marquise.*) Renée ! de grâce, rien
qu'un mot, qu'un regard, qu'un sourire... Oh ! je
t'aime tant !

LA MARQUISE, *à part.*

Où donc ai-je mis la lettre? Ah! dans ce livre.
(*Haut.*) Tenez, Georges, vous me faites mal; l'im-
prévu de vos discours, cette fleur..., je me sens
troublée... laissez-moi, je vous en prie, je reviens
dans un instant. En attendant.... dans ce livre,
voyez (*câline*) ma réponse.

(*Elle sort par la droite en le regardant.*)

CHAVENAY, *se précipitant sur le livre.*

Ah!

SCENE III

CHAVENAY, *seul.*

Sa réponse...! (*S'arrêtant et regardant le livre.*)
Un livre! Que veut-elle dire? Ah! cette femme!
(*Il se jette sur une chaise en ouvrant distraitement
le livre ; la lettre de Claire tombe à terre.*) Qu'est-ce
que c'est? Une lettre?... (*Lisant l'adresse.*) L'écriture de ma femme. (*Il jette le livre et la lettre et se
lève.*) Encore ma femme. C'est insupportable. Elle
me poursuit sans cesse, partout, toujours! Que lui
ai-je donc fait, moi, à ma femme!

Ma foi! le plus grand des outrages.... Je l'ai
épousée et pas assez admirée! Pour elle il eût fallu
un autel, je n'avais que de l'amour à lui offrir!
Mais aussi quel amour, quels enthousiasmes, quels
délires! Ç'aurait été si grand, qu'elle aurait oublié
la terre. Elle n'en veut pas, elle n'en voudra jamais; elle se drape de ses rayonnements séra-

phiques.... Et celle-ci...! celle-ci me raille. Elle
me raille! Et même si elle m'aimait, que pourrait-
elle me donner... si ce n'est les miettes de ce
bonheur que je rêve?.... Et puis, m'aimer... elle!
Allons donc! A-t-elle répondu tout à l'heure?
A-t-elle eu un mot, un mot d'espoir et de pitié?
Et cependant j'ai été sincère et je souffrais. Elle a
bien vu tout cela. Rien... Ce livre! (*S'approchant de
la table.*) Singulière destinée! Mais que peut-elle
raconter ma femme? Billevesées de femme.
(*Tournant la lettre entre ses doigts.*) Elle a une jolie
écriture.... Si je lisais? Pourquoi pas?.. Au bout
du compte c'est ma femme. Ce ne sera pas flatteur
pour moi ce qu'elle écrit... la marquise est son
amie, et sur le chapitre des confidences... Ma foi!
tant pis... Non, tant mieux! je m'y risque. (*Il
ouvre la lettre et se trouble en la lisant.*) « Je pense si
« souvent à lui que les journées s'écoulent, et elles
« sont encore trop courtes, car je l'aime de toute
« mon âme, et je puise dans ma solitude les pensées
« et les inspirations qui pourront le rendre heu-
« reux quand il reviendra. » *Quand il reviendra!*
elle m'attend donc! Claire, elle m'aime, Claire...!
elle le dit. Elle le dit si bien! Pauvre petite
femme! et moi qui l'accusais de ne pas comprendre l'amour! c'est qu'elle est très-gentille ma
femme.... et moi, brute, je colportais à travers le
monde mes désenchantements et mon humeur
chagrine en cherchant la Dame blanche..... Mais
elle existe la Dame blanche : je l'ai trouvée, la
voici! O Claire, je t'aime! (*Il regarde un instant
autour de lui.*) Eh bien! oui, je l'aime!

SCÈNE IV

LA MARQUISE, *entrant.*

Ah ! ah ! c'est bien vous, amoureux de votre femme... vous, monsieur de Chavenay? (*Prenant une marguerite.*) Pauvre petite fleur, on t'avait fait mentir ! Ah ! le serpent au milieu des fleurs n'est pas une fable ! Eh bien ! qu'en dites-vous, monsieur: *passionnément?*

CHAVENAY.

Ah ! si généreuse et si bonne !

LA MARQUISE.

En quoi, mon Dieu ! Ètes-vous guéri de vos folies ? tant mieux alors. Mais c'est surtout Claire qu'il faut remercier. Ne voyez-vous pas là-bas, près de cette villa blanche, une toute jolie petite femme, rêveuse, qui murmure avec tristesse et avec espoir ces mots: *Il reviendra ?*

FIN.

Août 1872.

A

Mme LA COMTESSE MESTIATIS

née de Castellengo.

LE
BOUQUET DE VIOLETTES

PIÈCE EN UN ACTE, EN PROSE.

PERSONNAGES.

LE MARQUIS DE JOUVRAY.
LA COMTESSE DE CHAMARANDE.

Salon chez la comtesse: chaise longue, table à thé,
guéridon, etc.; soir.

LE
BOUQUET DE VIOLETTES

SCÈNE I

LA COMTESSE, *seule, accoudée à la cheminée.*

Neuf heures !..... il ne viendra pas ; quel dépit !
(*En s'asseyant agitée.*) Cette Henriette, je la déteste !
(*Elle jette l'éventail.*) La voici ! (*Prenant un album.*)
Mais qu'est-ce qu'on lui trouve donc ? Elle n'a pas
de grâce d'abord..... ah ! sa taille est vraiment
bien élégante et bien fine ! Tous ces grands cheveux, ce blond fadasse... voudrait-elle faire croire
qu'ils lui appartiennent ? Et cet édifice ! (*Riant.*) Ah !
ah ! c'est, ma foi, par trop comique. Son nez, sa
bouche, son front..... médiocres..... quant aux
yeux..... ah ! ils ne valent pas grand'chose non
plus..... Ils sont noirs... assez grands..... mais les
sourcils ! Et puis, pas d'expression. Somme toute,
elle est laide... très-laide et sotte avec ça. (*Riant.*)
Elle est sotte, la pauvrette ! (*Mouvement d'impatience ;
elle jette l'album.*) Comme elle riait bêtement hier
au soir !..... quelle pensée importune ! Et lui.....
comme un benêt ! Si je ne l'avais pas vu, je ne le
croirais pas, et pourtant (*s'accoudant à la cheminée*),
pourtant (*en s'arrangeant les cheveux*) je la vaux bien,

moi. Ah cette bouche !... . Là ! c'est mieux comme cela : (*minaudant*) pauvre petite chatte... n'est-ce pas que tu es gentille ?... (*Quittant la cheminée.*) Au bout du compte, c'est d'un sublime ridicule pour un homme comme Jouvray, ce qu'il a fait hier au soir. Je le vois encore là, à ses genoux, au milieu du salon, lui offrant ces violettes pour s'en laisser parer ensuite. C'est trop fort..... Je n'aurais pas dû le souffrir et les lui arracher. Oh ! ce cotillon ! Il m'est resté sur le cœur, et ce matin, en me coiffant, ce cheveu blanc, ici à gauche ! C'est lui qui en est cause... je l'ai arraché, mais il en viendra d'autres, j'en suis sûre... Mon Dieu, que je suis malheureuse ! mais je me vengerai ! il s'en repentira ! Je..... (*Regardant la pendule.*) Allons, il va venir, il sera ici dans un instant..... Il viendra pour sûr. Mon billet qu'il a reçu..... Allons, du calme, qu'il ne s'aperçoive de rien..... Soyons femme ! (*Elle s'arrange sur la chaise longue.*) Comme il tarde !

SCÈNE II

LA MÊME, LE MARQUIS DE JOUVRAY.

UN DOMESTIQUE.

Monsieur le marquis de Jouvray.

MARQUIS, *très-sérieux, cravaté de blanc.*

Vous m'avez fait l'honneur de m'appeler, madame. (*Légèrement ironique.*) En quoi puis-je vous être utile ?

LA COMTESSE *sans se retourner.*

Ah ! voilà, marquis ! Oui, je vous ai prié de venir…. (*Silence.*) Voulez-vous des billets pour le concert de dimanche?

LE MARQUIS, *toujours ironique.*

Mais, madame, je crois bien que j'en veux….. venant de vous…..

(*Il s'assoit à droite.*)

LA COMTESSE.

Eh bien ! (*fouillant sur la cheminée*) tenez, en voici un paquet… c'est pour vous ! (*Elle le lui jette, et puis à part.*) Qu'il paye ses frais au moins.

LE MARQUIS.

Ma dette, comtesse?

LA COMTESSE, *distraite.*

Je ne sais pas….. j'ai toujours été brouillée avec les chiffres….. il y en a cinquante, je crois, à dix francs.

LE MARQUIS.

C'est bien….. (*Silence.*) Croyez, madame, que je vous sais un gré infini de m'avoir mis à part d'une bonne œuvre. Il s'agit des petits Chinois, n'est-ce pas ?

LA COMTESSE.

Non, monsieur, c'est pour des petits anthropophages à qui l'on veut faire perdre le goût, incommode pour les autres, de la viande humaine.

LE MARQUIS.

En leur envoyant du chocolat. C'est parfait.

LA COMTESSE *fait un mouvement d'épaules; long silence.*

A quoi songez-vous, monsieur?

LE MARQUIS.

Je calculais, madame, la quantité de chocolat
qu'il faudra pour.....

LA COMTESSE.

Ah !...

LE MARQUIS.

Ce doit être énorme !...

LA COMTESSE.

N'est-ce pas ?

(*Silence.*)

LE MARQUIS.

Je pense, madame, que vous n'avez plus besoin
de moi. (*Se levant.*) On m'attend à l'ambassade
d'Espagne et.....

LA COMTESSE, *d'un ton sec.*

Bonsoir, marquis.

LE MARQUIS, *fausse sortie.*

Comtesse...

LA COMTESSE.

Écoutez, de Jouvray.

LE MARQUIS, *se retournant.*

Quoi, madame ?

LA COMTESSE.

Asseyez-vous là, vous êtes bien pressé et bien
peu galant... Vous me voyez seule, presque souf-
frante, et vous me quittez pour je ne sais quelle
ambassade ! En vérité, beau chevalier, je pense
que vos ancêtres.... les preux des croisades...

LE MARQUIS.

Ils devaient être les bons amis des vôtres, madame.

LA COMTESSE.

Heu!.... je n'en suis pas trop persuadée...

LE MARQUIS.

Bien entendu, si les châtelaines de Chamarande ressemblaient, rien qu'un peu, à certaine comtesse.

LA COMTESSE.

Voilà que vous devenez insupportable.

LE MARQUIS, *à part.*

Bon! je m'y attendais! (*A la comtesse, saluant.*) Merci, madame.

LA COMTESSE.

Eh bien! vous restez là bouche close. Vous regardez le plafond! Quelle réputation usurpée, monsieur le marquis! (*Riant.*) Ah! si l'on vous voyait, vous le héros de tous les salons! Je vous croyais plus fort, marquis.

LE MARQUIS.

Et moi, comtesse, j'en suis à me demander jusqu'où peut arriver une jolie femme, quand elle s'ennuie.

LA COMTESSE.

Voilà que vous devenez impertinent, tout simplement. Sachez, monsieur...(*S'interrompant.*) Mais à quoi bon? Il y a bien ceux qui m'agacent et qui m'empêchent de m'ennuyer!

LE MARQUIS, *se levant et venant près de la comtesse.*

Mais voulez-vous bien m'expliquer l'étrangeté de tout ceci?

LA COMTESSE.

Qu'est-ce que vous trouvez donc d'étrange, je vous prie? Si ce n'est vous peut-être. Vous venez ici très-cérémonieusement, vous débutez par des fadeurs, vous finissez par des impertinences... et de fausses sorties encore! — Vous n'êtes pas une jolie femme, monsieur de Jouvray, pour vous permettre d'avoir vos nerfs. Comment donc! L'homme dont le goût et les manières sont chantés sur tous les tons, à la cour et à la ville, l'homme dont la conversation a un charme si pénétrant, (*ironique*) irrésistible, (*riant*) le voilà silencieux, embarrassé de sa personne.... (*Avec hauteur.*) Sachez donc, monsieur, que vous n'avez pas le droit de vous conduire ainsi et que rien ne vous autorise....

LE MARQUIS, *se jetant dans un fauteuil et riant.*

Ah! ah!

LA COMTESSE, *déconcertée.*

Vous riez?

LE MARQUIS.

Ah! ah!

LA COMTESSE, *sérieuse et irritée.*

Me ferez-vous au moins l'honneur de me dire ce qui excite à un tel point votre hilarité?

LE MARQUIS.

Mais sur quels grands chevaux êtes-vous donc

montée ce soir, ma belle comtesse? Après votre froideur de tout cet hiver et votre grand soin de me tenir à distance, vous me mandèz auprès de vous; j'en suis aux anges; j'arrive, je vous trouve, laissez-moi vous le dire, d'une humeur massacrante. Vous me grondez, vous me répondez à peine. Vous m'accusez de faire des caprices, parce que je vous demandais la permission de me retirer, étant attendu autre part.....

LA COMTESSE.

Est-ce donc toujours cette bonne duchesse qui vous attend?

LE MARQUIS, *mouvement de satisfaction*.

Peut-être.

LA COMTESSE.

Eh bien! que n'y courez-vous alors? (*Excitée*.) Allons, partez, dépêchez-vous...

LE MARQUIS.

Mon Dieu, madame....

LA COMTESSE.

Voyons, monsieur de Jouvray, je suis une folle. (*A part*.) Oh! il restera. (*Haut*.) Pardonnez-moi, je vous en prie. J'ai une migraine ce soir, que sais-je? (*Le regardant*.) Mes nerfs.... Enfin, n'en parlons plus, et, pour faire la paix, donnez-moi une tasse de thé.

LE MARQUIS.

Avec plaisir, madame! (*A part*.) Cela marche! (*Il fait le thé; silence*.)

LA COMTESSE.

Dites-moi, de Jouvray... Avouez que c'était à périr d'ennui hier au soir chez lady Whurton.

LE MARQUIS.

Je ne trouve pas, comtesse; même c'était assez gai, beaucoup de fleurs, une bonne musique, des femmes charmantes, (*avec intention*) des toilettes exquises.... pas trop d'imbéciles.... assez pour donner prétexte de se moquer de quelqu'un....

LA COMTESSE.

Deviendriez-vous méchant par hasard, monsieur de Jouvray?

LE MARQUIS.

Mon Dieu, comtesse, pas autant qu'il le faudrait peut-être...

(Pause.)

LA COMTESSE.

Eh bien! ce thé, monsieur!

LE MARQUIS.

Il va venir, madame; ayez seulement la bonté d'attendre un instant.

LA COMTESSE.

Comme vous êtes donc long à le faire!

LE MARQUIS.

C'est pour mieux faire, madame.

(Silence.)

LA COMTESSE.

Vous avez dansé beaucoup hier au soir?

LE MARQUIS.

Très-peu.... deux contredanses et une valse.

LA COMTESSE.

Que je voudrais donc valser avec vous ! on dit que vous valsez si bien...

LE MARQUIS.

Mais nous avons mille fois valsé...

LA COMTESSE, *interrompant.*

Au lieu de cela, vous ne m'invitez que pour les contredanses...

LE MARQUIS.

Je le fais exprès.... pour causer... Vous causez si bien !...

LA COMTESSE.

Oh ! (*Silence.*) Dites-moi, la duchesse valse-t-elle bien ?

LE MARQUIS, *se retournant.*

Adorablement.

LA COMTESSE.

Et cause-t-elle ?

LE MARQUIS.

Voici votre thé, comtesse.

LA COMTESSE, *riant.*

C'est ainsi que vous me l'offrez ? Nenni ! à genoux tout de suite, beau chevalier, à genoux !

LE MARQUIS, *à genoux.*

M'y voilà !

LA COMTESSE.

Comme c'est bien ! Restez là, vous y êtes si
bien... (*Riant.*) Ah ! ah ! si l'on vous voyait... que
dirait la duchesse de Valranche ?

LE MARQUIS, *se relevant brusquement.*

Elle dirait...

LA COMTESSE.

Qu'elle a obtenu davantage. Je le sais, je l'ai
même vu hier au soir, devant tout le monde !

LE MARQUIS.

De grâce, madame, que vous ai-je fait ?

LA COMTESSE.

Oh ! mon pauvre marquis ! (*Riant.*) Voyons, prenez votre thé et venez ici vous asseoir, là, sur ce
petit tabouret; bien, comme cela. A présent ra-
contez-moi.

LE MARQUIS.

Quoi donc ?

LA COMTESSE.

Que sais-je, moi ? Tout. Ne suis-je pas votre meil-
leure amie ? Vous me l'avez dit cent fois cet au-
tomne à la campagne. Vous en souvient-il ? Vous
m'avez même dit une foule de choses fort jolies
que.....

LE MARQUIS, *empressé.*

Que ?

LA COMTESSE.

Que j'ai oubliées, oui, c'est tout simple, oubliées.

Tenez, mettez cette tasse sur la table, voulez-vous ?
Ainsi donc nous disions...

LE MARQUIS.

Que vous avez oublié... Ah! non, je ne le crois
pas, ce n'est pas vous qui oubliez. Je vous connais
mieux que vous ne pensez, et vous vous faites pire
que vous n'êtes.

LA COMTESSE.

Prenez garde ! Vous avez tous si bonne idée de
vous-mêmes, messieurs, et votre fatuité vous cause
si souvent d'amères déceptions ! Ainsi vous croyez
me connaître ?

LE MARQUIS.

Mais, madame, oui, je vous connais assez pour
vous savoir bonne et sincère amie. Ai-je tort ?

LA COMTESSE.

Peut-être. Du reste je vois que pour un homme
qui jouit de votre réputation, vous connaissez
très-peu votre rôle... Ah ! vous croyez à l'amitié
des femmes ?

LE MARQUIS.

Plus qu'à leur vertu, oui.

LA COMTESSE.

Laissez donc là cet éternel refrain et votre ran-
cune éternelle. (*Le regardant avec malice.*) C'est si bon
pour les hommes de croire à la vertu des femmes !
Cela console de beaucoup de choses !

LE MARQUIS, *dépité.*

De notre maladresse peut-être; mais pour ce qui est de l'amitié...

LA COMTESSE.

Vous y croyez donc? Vous êtes trop gourmand. Je suis femme et je m'y connais. Ce n'est pas aux hommes de votre trempe que peut échoir un bonheur de la sorte. C'est un bonheur trop modeste, et vous visez plus haut... Aussi....

LE MARQUIS, *à part.*

Nous y voilà. (*Haut.*) Eh bien! voyez donc, comtesse, comme vous me jugez mal. Vous que j'ai toujours connue si charmante et si belle, et dont un mot, un geste seul, m'ont toujours causé un trouble inexprimable..... vous me récompensez de la sorte du respect, que dis-je? de l'adoration silencieuse, mais si profonde et si vraie, que j'ai pour vous et dont j'ai tant souffert !

LA COMTESSE.

Ah ! vous.....

LE MARQUIS.

Ah ! vous êtes cruelle, si vous paraissez ne rien avoir compris. Hélas! Je me suis tu; à quoi bon vous dire que je vous aimais? Je vous ai aimée avec tout l'élan de mon âme, et, m'apercevant de votre froideur, j'ai bien souffert. J'ai voulu vous oublier, impossible! J'ai demandé à ce monde qui m'entourait des plaisirs, des joies... quelque chose qui pût me distraire. C'est vous qui me provoquez, madame, alors.....

LA COMTESSE.

Arrêtez-vous là, monsieur, (*avec hauteur*) et allez demander à M^mc de Valranche le pardon d'une inconstance dont je viens d'avoir une preuve déplorable.

LE MARQUIS.

Vous me chassez de chez vous! O Elise! si vous saviez comme me faites du mal! Quoi! La scène d'hier au soir, ce bouquet, cet enfantillage. Ah! même si la duchesse...

LA COMTESSE, *l'interrompant.*

Je ne vous demande pas de confidences, monsieur.

LE MARQUIS.

Ah! non, ne parlez pas ainsi. Par pitié, Elise, ne continuez pas ce jeu cruel, je vous aime, vous le savez. (*La comtesse fait un mouvement.*) De grâce!..

LA COMTESSE.

Vous dites que vous m'aimez... vous!... Eh bien! j'exige un premier sacrifice! Le bouquet de violettes, celui d'hier au soir... l'avez-vous gardé? (*Le marquis hésite.*) Soyez franc...

LE MARQUIS.

Eh bien! oui!

LA COMTESSE.

Ah!... Or, ce bouquet, il me le faut...

LE MARQUIS.

Mais il est à vous!

LA COMTESSE.

Ici, (*câline*) tout à l'heure ; courez le chercher.
(*D'un ton décidé.*) Vous me refusez déjà ?

LE MARQUIS.

Non, j'y cours. Ah ! Élise, un mot d'espoir.

LA COMTESSE, *appuyant sur les mots en faisant signe
de la main au marquis.*

Je veux mon bouquet.

LE MARQUIS, *à part.*

Je la tiens.

(*Il sort en s'inclinant.*)

SCÈNE III

LA COMTESSE, *se retournant.*

Il y est tombé ! Ah ! les hommes ! Quelle vilaine
engeance ! Et tout cela pour un mot ! Ah ! si Henriette savait ceci ! Je la vois encore quand elle me
disait avec sa grosse voix, en roulant les yeux :
« Tu sais, ma chère, il est fou de moi. Il m'a bien
avoué qu'il t'avait fait un peu la cour à la campagne, mais si peu, si peu... et que du reste il ne savait que faire pour passer le temps. » La chipie ! Il
t'aimera joliment ce beau cœur ! Ah ! c'était pour
passer le temps ! Avec ça qu'il est encore capable
de croire que je tienne à lui. Nous verrons bien
tout à l'heure, monsieur le marquis !

SCÈNE IV

*(Le marquis entre sans mot dire, met un genou à terre
et remet à la comtesse un bouquet de violettes fanées;
la comtesse le prend, le regarde, et puis elle le jette
sur le feu.)*

LA COMTESSE.

Là, c'est fini! (*Distraite en se frottant doucement les
mains.*) Je suis bien contente, et vous?

LE MARQUIS.

Mais, Elise...

LA COMTESSE.

Ah ! ah! vous qui m'avez si bien fait la cour pour
passer le temps, m'expliquerez-vous comment peut
passer sa soirée une jolie femme (*soulignant les
mots*) qui s'ennuie ? Vous ne répondez pas ? Eh
bien ! autre chose. Croyez-vous encore à l'amitié
des femmes?

LE MARQUIS.

Cette question !... Je croirais plutôt à leur amour
si un beau jour..... (*Rêveur et désappointé.*)

LA COMTESSE.

Si un beau jour!... Restons en là, mon cher de
Jouvray. A présent, voyez-vous, je me sens toute
disposée en votre faveur. Votre franchise à l'égard
du bouquet m'a tout à fait attendrie. Vous avez
brûlé vos vaisseaux avec une vaillance !... Encore
ça de manqué... Vrai, vous méritiez mieux! Or

bien, voici un conseil. Si jamais l'ennui vous prend et que vous ne sachiez que faire pour tuer votre temps, rappelez-vous le bouquet de violettes. (*Le marquis fait un mouvement.*) Non, non, mon cher, assez comme cela, et pour commencer à vous distraire, allez donc raconter tout ceci à Mme de Valranche, ça lui fera plaisir !

FIN.

Octobre 1872.

A

DONNA VITTORIA CIMA

UN

SUCCÈS DE TURF

PIÈCE EN UN ACTE, EN PROSE.

PERSONNAGES.

LA BARONNE DE CHAVENAY.
LA COMTESSE DE LUCENAY.
LE VICOMTE DE FRESNES.

Salon chez la baronne.

UN
SUCCÈS DE TURF

SCÈNE I

LA BARONNE, LA COMTESSE.

LA COMTESSE, *entrant.*

Toute seule, au coin du feu, belle et sombre !

LA BARONNE.

Tiens, Henriette ! bonjour, Henriette. Je m'ennuie, je suis contrariée, sais-tu ? Je n'irai pas au bal ce soir.

LA COMTESSE.

Comment, pas au bal ? Mais c'est un crime. Un bal chez le ministre de Turquie, presque un avant-goût du sérail. Tiens, qu'est-ce que je dis donc à ?.... Ce sera d'un amusant, ma chère !

LA BARONNE.

Quel feu ! Moi, je vieillis, tu sais.

LA COMTESSE.

Oui, et je le vois.

LA BARONNE.

Tu le vois, et comment cela ?

LA COMTESSE.

Mais, petit amour du bon Dieu, te voilà éteinte, rêveuse, indolente, mal habillée, d'une humeur de l'autre monde... Un jour de bal... Un jour de courses, encore.

LA BARONNE.

Au fait, c'est vrai, c'était jour de courses. Tu en viens ?

LA COMTESSE.

Tu me le demandes ? J'en viens, et comment donc ? Pourrais-je en manquer une ? *Blood-Royal* courait, ma chère.

LA BARONNE.

Ah ! ah ! Qu'est-ce que c'est que *Blood-Royal ?*

LA COMTESSE.

Vraiment ? tu ne connais pas *Blood-Royal,* le grand *Blood-Royal,* l'invincible *Blood-Royal ?* Mais d'où arrives-tu donc, de la Terre-de-Feu, de Taïti, du fond du Japon ?... Elle ne connaît pas *Blood-Royal !*

LA BARONNE.

Non, je ne connais pas *Blood-Royal.* Je n'y vois aucun mal ; et je me porte mieux que toi, ce me semble, tu es d'un enflammé !

LA COMTESSE.

Oh ! mais il y a de quoi. Tu n'as pas idée de ça,

ma chère ; une course de gentlemen, les meilleurs chevaux, les sportmen les mieux famés, un ring superbe...

LA BARONNE.

Décidément, tu devrais coucher au pesage. Et... *Blood-Royal* a gagné ?

LA COMTESSE.

Sans doute. M. de Fresnes le montait. Un beau cavalier, ravissant, avec sa jaquette bleue et rouge.

LA BARONNE.

M. de Fresnes, ce petit ?

LA COMTESSE.

Mais non, il n'est pas petit du tout, je t'assure. Et puis élégant, spirituel, aimable ! Tu ne le connais pas, toi?

LA BARONNE.

Mais si, je le connais. Un gommeux insignifiant, qui est tout entier dans sa cravate. Il n'a su me parler que de ses chevaux beaucoup, un peu de ceux des autres, et... voilà tout.

LA COMTESSE.

Voilà tout, voilà tout. En attendant toutes ces dames en raffolent. Il est le roi des cotillons, qu'il conduit si bien, d'ailleurs.

LA BARONNE.

Le beau mérite en vérité !

LA COMTESSE.

Eh ! eh ! c'est un mérite que beaucoup de monde lui envie. Gai, en train, beau parleur...

LA BARONNE.

Oh ! beau parleur, ma foi...

LA COMTESSE.

Mais qu'as-tu donc contre ce pauvre M. de Fresnes ?

LA BARONNE.

Moi, rien. Je l'ai vu dans le monde. Quand on me l'a présenté, comme je te dis, il a cru devoir m'accabler de précieux renseignements sur son écurie. Je ne lui ai répondu que par des oui et des non, qui l'ont découragé, à ce qu'il paraît, car après il a toujours passé, en saluant, sans mot dire... Il est ici depuis peu de temps, du reste...

LA COMTESSE.

Oui, il arrive d'Angleterre. Eh mais... tu en parles bien légèrement, c'est le succès du jour ; une royauté, je te dis...

LA BARONNE.

Une royauté, je veux bien. Mais, comme il n'y en a plus sans plébiscite...

LA COMTESSE.

Quelle frondeuse !

LA BARONNE.

Oh ! ma chère, rien ne m'est plus insupportable que ces renommées irrésistibles, qui nous arrivent toutes faites, un beau jour, tombées on ne sait d'où, on ne sait pourquoi... au profit d'un individu, fait comme tout le monde, si ce n'est pis. Ces engouements m'irritent. Le héros qu'on invente est bête à faire crier, et laid, et commun, sans agréments, sans talent. Il est impertinent, il manie l'argot avec l'impudence d'un marchand de chevaux, avec la fatuité d'un ténor ; il se croit autorisé à prendre un ton familier et mauvais genre, qui m'agace. Pouah ! Je n'en veux pas !... Eh bien, que fais-tu là ?

LA COMTESSE.

Mais va donc, ma chère... Un beau discours et très-flatteur pour M. de Fresnes...

LA BARONNE.

Tiens, ne me parle plus de ton M. de Fresnes. Depuis quelques semaines, je n'entends que ce nom, avec accompagnement de simagrées de la part de nos bonnes amies. Je te le jure, j'en suis malade...

LA COMTESSE.

Povera ! Ce n'est que cela qui te fâche ? A ton aise, on n'en parlera plus... (*Regardant l'heure.*) Comment, si tard, déjà ? Je me sauve. Je rentre, je dîne, je dors, je m'habille et je cours au bal... Je te fais remarquer que tu ne m'as pas même offert une tasse de thé... *The five o' clock tea*, ma chère. L'oublier... fi donc ! Une élégante... Décidément tu ne viens pas au bal ?

LA BARONNE.

Non ; ma coiffure est manquée ; vois donc cette guirlande...

LA COMTESSE.

Peu réussie, c'est vrai. C'est de madame Haudouin, cela ?

LA BARONNE.

Mais oui. As-tu idée d'une horreur pareille ?

LA COMTESSE.

C'est épouvantable. Fiez-vous aux gens. A propos, ma chère, tu sais qu'il y a deux ans, M. de Fresnes a enlevé une ambassadrice... Un héros de Byron, je te dis.

LA BARONNE.

Et encore ce muguet ! Henriette, je vais me fâcher.

LA COMTESSE.

Non, ange. C'est fini... Nous disions donc ?...

LA BARONNE.

Il te fait la cour, avoue-le.

LA COMTESSE.

A moi ? Jamais de la vie. Je parie pour son cheval, voilà tout. Tu crois... ah, ah !...

LA BARONNE.

Eh ! un bon petit enlèvement...

LA COMTESSE.

Il tomberait à propos, c'est sûr. Ce serait excellent pour l'humeur de M. de Lucenay, je n'en doute pas ; mais je l'aime moi, mon mari, tu sais...

LA BARONNE.

Oh ! tu es heureuse !

LA COMTESSE.

Oui, pauvre veuve éplorée ! Voyons, voyons, ne sois pas triste à présent. Avec M. de Chavenay, paix à son âme, ce n'était pas gai toujours. Ah! j'y pense... un moyen. J'en ai une, moi, de guirlande... un amour ! Je te l'offre. Au lieu de dormir après dîner, je viendrai ici, nous l'essayerons. Je ferai apporter toutes mes affaires et nous nous habillerons ensemble... Cela te va ? Eh bien, alors, au revoir...

LA BARONNE.

C'est une bonne idée, merci. Au fait, pourquoi ne dînes-tu pas avec moi ?

LA COMTESSE.

Et M. de Lucenay ?

LA BARONNE.

C'est vrai, je n'y pensais pas.

LA COMTESSE.

Voilà ce que c'est que de vivre en garçon !... (*Entre un domestique, apportant une carte.*) Bon ! voici une visite qui t'arrive...

LA BARONNE.

C'est plutôt pour toi, ma chère. (*Lui donnant la carte.*) Vois donc.

LA COMTESSE.

M. de Fresnes !

LA BARONNE.

Que peut-il me vouloir ?... (*Au domestique.*) Faites entrer.

SCÈNE II

LA BARONNE, LA COMTESSE, LE VICOMTE.

LE VICOMTE, *entrant*.

Comtesse, je me recommande à vous. C'est pour vous que je suis ici. Veuillez me pardonner, madame la baronne, une indiscrétion...

LA BARONNE.

Il n'y a rien à pardonner, vous êtes le bienvenu, monsieur le vicomte.

LA COMTESSE.

Eh bien, des nouvelles du favori ?

LA BARONNE.

C'est vrai, veuillez m'excuser. J'oubliais que c'est jour de triomphe pour vous, monsieur.

LE VICOMTE.

Mille fois trop bonne, madame. Mais, si vous le permettez, je vais remettre à la comtesse ce petit médaillon qu'elle a perdu dans l'enceinte du pesage et qui explique ma présence ici.

LA COMTESSE.

Mon médaillon ? L'ai-je donc perdu ? C'est vrai :
je ne m'en doutais pas... Merci, vicomte... Mais,
comment se fait-il ?

LE VICOMTE.

Voilà ; on a trouvé ce médaillon. Je l'ai reconnu
et j'allais l'apporter chez vous, quand j'ai aperçu
votre voiture en bas. On m'a dit que vous étiez
chez madame et je me suis permis...

LA BARONNE.

Vous avez très-bien fait, monsieur.

LE VICOMTE.

Madame, si j'ai trop osé...

LA BARONNE.

Un tel empressement est exquis comme poli-
tesse.

LE VICOMTE.

Madame de Lucenay a parié pour mon cheval ;
cela m'a porté bonheur...

LA COMTESSE.

Oh ! vous ne pouviez pas arriver mieux à propos.
J'étais en train de convertir madame de Chavenay.

LE VICOMTE.

La convertir ?

LA BARONNE.

C'est-à-dire que madame de Lucenay, un peu
despote et toujours bienveillante...

LA COMTESSE.

Oh! un peu despote...

LE VICOMTE.

Mais on en voudrait d'un tel despotisme!

LA BARONNE, *riant.*

Il vous en aurait certes mal pris de le refuser.

LA COMTESSE, *bas à la baronne.*

Es-tu l'impénitence finale? Regarde-le donc; il n'est pas petit du tout. Je vais te le laisser.

LA BARONNE, *bas.*

Oh, non!

LA COMTESSE, *bas.*

Oh! que si! (*Haut.*)Je m'en vais pour tout de bon, à présent, je te laisse M. de Fresnes. Nous sommes d'accord, n'est-ce pas? A ce soir. Merci encore, vicomte.

(*Elle sort.*)

SCÈNE III

LA COMTESSE, LE VICOMTE.

LE VICOMTE, *un temps.*

Vous vous dites peut-être, madame, qu'après avoir essayé de beaucoup d'audace pour arriver chez vous, je n'en ai pas assez pour me sauver...

LA BARONNE.

Qu'est-ce qui peut vous le faire croire? Au contraire, monsieur. Vous le savez, nous autres fem-

mes, nous aimons les héros. Je suis fort aise d'en
voir un de près.

LE VICOMTE.

Mon Dieu, madame! Vouloir me punir si cruel-
lement de ce que mon cheval a de bonnes allures.

LA BARONNE.

Vous punir? Quel mot!

LE VICOMTE.

Eh, certainement, madame... Cette ironie....
Comment voulez-vous que je ne pense pas que
j'aurais mieux fait d'être déjà parti?

LA BARONNE.

C'est-à-dire. Vous prétendiez que moi je le pensais tout à l'heure...

LE VICOMTE.

Avais-je tort? Il ne faut pas une grande péné-
tration pour deviner....

LA BARONNE.

Pour deviner? Vous êtes aussi devin, monsieur
le vicomte?

LE VICOMTE.

Pas autant que je le voudrais, madame.

LA BARONNE.

Ne le souhaitez pas trop. A force de deviner,
on finirait par trouver des choses désagréables,
pour soi-même. Il y a des dédommagements, c'est
vrai. Tel qui ne saurait découvrir une onne et
belle vérité, retrouve un bijou fort à propos.....

LE VICOMTE.

Je vous avoue, madame, que le mythe du Sphinx m'a toujours médiocrement intéressé et que le rôle d'Œdipe ne m'a jamais tenté.

LA BARONNE.

Et pourquoi donc, monsieur?

LE VICOMTE.

Qu'est-ce qu'il y a de plus simple, je vous prie, que ce qui vient d'arriver?

LA BARONNE.

Oh, rien de compliqué, c'est sûr. Cependant je ne puis m'empêcher de faire là-dessus des réflexions d'une haute portée. Il y a de petits objets que l'on trouve, quand on s'y attend le moins.... des colifichets, que le philosophe méprise et qui cependant....

LE VICOMTE.

On regrette énormément de perdre.

LA BARONNE.

Mais non, ce n'est pas cela du tout. Je disais, moi, qu'il y a tel petit objet, inutile aux yeux du vulgaire, qui, dans les mains d'un homme d'esprit, peut servir... de talisman par exemple.

LE VICOMTE.

Je continue à ne pas comprendre, madame.

LA BARONNE.

Eh, oui. Tenez... Un médaillon. Pour moi, pour tout le monde, ce n'est toujours qu'un pauvre petit médaillon. Voilà que dans les mains d'un homme comme vous il devient, que sais-je? un passe-partout, une lettre de recommandation... un masque, si vous voulez. Oh, c'est de la fantaisie! A propos : vous avez oublié de demander à la comtesse une récompense honnête...

LE VICOMTE.

Ne me croyez-vous pas suffisamment récompensé par la plus charmante raillerie?....

LA BARONNE.

Oh! je suis bien coupable, monsieur le vicomte. Je vous assombris un beau jour! Je désole le Jockey-Club qui vous verra arriver avec une mine lugubre... Je suis détestable, n'est-ce pas? (*Silence.*) Vous ne répondez pas? C'est que vous me trouvez mauvaise, et vous ne tenez pas à me le dire. C'est mal cela. J'aime la riposte. Eh, mon Dieu! la guerre c'est la vie.

LE VICOMTE.

C'est aussi le trouble pourtant...

LA BARONNE.

Vous vous en plaignez? Mais le trouble, c'est-à-dire le désordre, n'est-ce pas votre élément? Vous en vivez et vous vous y plaisez jusqu'à l'inventer, là où il n'existe pas, pourvu que vous y trouviez une émotion, une jouissance de plus. A vous le tocsin des plaisirs, les fanfares des bals, des jeux, des courses, les sensations brûlantes et maladives. N'est-ce pas tout cela que vous cherchez, vous les incroyables, les excentriques, vous les demi-dieux? (*Silence.*) Eh bien, à quoi songez-vous, monsieur ?

LE VICOMTE.

Je pensais, madame, que nous autres, gens du monde, nous sommes étrangement calomniés par les apparences. Eh ! oui, parce que nous sommes nés ayant quelques mille livres de plus que les autres dans le coffre-fort de famille, on nous fait violence, on nous force à dépenser cet argent d'une façon maladroite, si vous voulez, c'est bon, mais qui devient une nécessité quand, depuis l'âge de vingt ans, on n'a fait que franchir des haies et fréquenter le tapis vert. Quoi ! c'est quand le plaisir rayonne aux yeux de la jeunesse, quand il sourit de toutes ses grâces, quand les tentations nous assiégent, qu'on exigerait de nous la maturité du vieillard et la sagesse du philosophe? Comment résister à ce qui reluit et à ce qui brille? comment ne pas être ébloui de l'éclat de l'élégance? comment ne pas se laisser séduire par le côté, faux, je le veux bien, mais romanesque et hardi toujours, d'une existence qui n'est pas sans danger, qui excite l'envie des trois quarts du genre humain, qui a des attraits si enivrants, et qui nous trompe, hélas! c'est bien vrai, mais avec tant de charme ?

LA BARONNE.

Tout ceci excuse, peut-être, mais n'absout pas. Cette vie dont vous paraissez si enthousiasmé, tout en en médisant un peu, par contenance, elle vous corrompt, elle vous gâte ; pour ainsi dire elle vous vulgarise. Vous vous y trompez vous-même,

en prenant pour du raffiné ce qui n'est que
facile, pourvu qu'une teinte d'extravagance en
corrige la banalité aux yeux de la foule... Voyons,
monsieur le vicomte, pourquoi cet épisode du médaillon, tout à l'heure?

LE VICOMTE.

Si j'osais vous dire....

LA BARONNE, *vivement.*

Oh! un zèle chevaleresque, ou... une curiosité
malsaine. Vous en avez trouvé une qui ne tombe
pas en pâmoison devant vos succès de turf et...
autres! Blessure aiguë faite à l'amour-propre, si
ce n'est à la fatuité. Vos amis vous regardent, la
galerie trépigne... le ridicule, voilà le grand fan-
tôme! Allons donc, tout n'est pas dit... forçons la
porte de la pauvrette qui a un si pitoyable goût...
inventons un prétexte. Qu'elle fasse amende ho-
norable!... Monsieur le vicomte, voilà bientôt une
heure que vous êtes chez moi : le pari est gagné.
Allez donc raconter notre entrevue !

LE VICOMTE.

Que croyez-vous donc, madame ? Que voulez-
vous dire?

LA BARONNE.

Je veux dire, monsieur le vicomte, qu'on ne de-
vrait pas abuser d'un prétexte...

LE VICOMTE, *changeant de ton.*

Mais, je n'ai abusé d'aucun prétexte.... Je m'en
suis servi, voilà tout.

LA BARONNE, *un peu étonnée.*

Oh, je comprends ! Ce ne sont pas les scrupules qui vous atteindront !

LE VICOMTE.

Vous en êtes sûre ?

LA BARONNE.

Quand on a, comme vous, enlevé des ambassadrices....

LE VICOMTE.

Comment ! vous savez ?... Vous connaissez donc l'histoire de mes malheurs ?

LA BARONNE, *vivement.*

Vos malheurs ?

LE VICOMTE.

Mais de qui tenez-vous donc mon histoire d'ambassadrice ? Ceux qui vous ont renseignée, n'ont pas tout raconté.

LA BARONNE, *sévèrement.*

J'en sais assez, ce me semble.

LE VICOMTE.

Eh ! voilà l'erreur, madame. Encore faudrait-il que vous sachiez si c'est absolument pour me faire plaisir que j'ai essayé de cette émotion...

LA BARONNE.

Vos paroles, monsieur...

LE VICOMTE.

Elles vous semblent étranges, pire même. Pire,
n'est-ce pas ? C'est cela, je le prévoyais. Peut-être,
en ce moment, vous vous demandez à quel cy-
nique personnage vous avez affaire... C'est cela
encore, n'est-ce pas ? Pardon, madame ; de qui
tenez-vous mon histoire d'ambassadrice ?

LA BARONNE.

Mais... de tout le monde...

LE VICOMTE.

Tout le monde est bien bavard, et il y a mainte
marquise qui aurait dû naître portière...

LA BARONNE.

Oh mais, il me semble que vous n'avez guère à
vous plaindre de l'indiscrétion des autres....

LE VICOMTE.

C'est cela, madame, écrasez-moi..... Eh bien,
si vous me permettez, je vais pousser l'indiscrétion jusqu'au bout. Je vais vous faire un conte.....
Un conte bleu !

LA BARONNE.

Un conte bleu ?

LE VICOMTE.

Oh! pas si bleu que vous en deviez rougir... Ras-
surez-vous... C'est un souvenir bizarre. Connais-
sez-vous le grand salon du palais Doria à Romé,
madame ? Vous le connaissez certainement et les

nymphes étincelantes du plafond doivent vous
avoir souri plus d'une fois....

LA BARONNE.

Je le connais sans doute... mais je ne vois aucun rapport.

LE VICOMTE.

Eh bien, madame, moi aussi je le connais ce
salon... M'y suis-je amusé ! J'étais jeune alors et
la valse avait pour moi des attraits....

LA BARONNE.

Vous ne pourriez pas abréger ?

LE VICOMTE.

C'est vrai, madame, j'ai tort d'insister sur ces
souvenirs chorégraphiques... Je reprends mon ré-
cit. Il y avait donc au palais Doria une réception
splendide. C'était un tourbillon de diamants, de
fleurs, de parfums et de jolies femmes.... Il y en
avait beaucoup de jolies femmes. Des Italiennes
au regard de velours, des Allemandes avec des
yeux aux reflets de myosotis, des Anglaises à la
prunelle verte et profonde comme la mer.....

LA BARONNE, légèrement impatiente.

Mais, monsieur !

LE VICOMTE.

Que voulez-vous, madame ? Je suis homme du
monde, mais aussi un peu bohême... Je flâne en
route.... Au milieu de ces femmes il y en avait
une. La fleur des pois de l'élégance, radieuse d'une
beauté souveraine. Et à elle, en effet, s'adressaient

tous les hommages. Il y avait là des personnages
bien sérieux et bien importants. Des célébrités,
des crânes vénérables dénudés au souffle de la
politique, des généraux basanés... ils étaient là,
blindés de crachats et de décorations... on les aurait dits inattaquables... mais quand la belle
dame paraissait... eh bien, on les voyait s'agiter,
sourire et sur leur figure racornie s'estompait un
rayonnement, reflet mystérieux de la beauté qui
passait.

LA BARONNE, *qui a eu l'air distrait.*

Et qui était-elle, cette dame ?

LE VICOMTE.

Voilà le nœud de l'intrigue, madame, et nous
touchons au dénouement. C'était une très-grande
dame... Elle valsait à ravir et chacun se prenait
d'envie pour celui qu'on croyait son cavalier pré-
féré et qui se laissait deviner. Les heureux, ou
ceux qui se flattent de le devenir, sont si ni-
gauds, parfois. Il en était ainsi de mon ami de
Marsan...

LA BARONNE, *vivement.*

De Marsan, avez-vous dit ? Vous le connaissez
donc ?

LE VICOMTE, *souriant.*

Je vois que vous entrevoyez le dénouement, madame. Oui, je l'ai beaucoup connu, ce pauvre de
Marsan. Il était beau cavalier, n'est-ce pas, madame ? et bon et brave et loyal ?....

LA BARONNE, *froidement.*

Il est consul quelque part, n'est-ce pas ?

LE VICOMTE.

Et marié; oui, madame.... En seriez-vous troublée?...

LA BARONNE, *avec effort.*

Que signifie ?

LE VICOMTE, *très-sérieux.*

De Marsan m'a fait ses confidences, madame.

LA BARONNE, *avec hauteur.*

Et qu'a-t-il pu vous dire ?

LE VICOMTE.

Rien... Si ce n'est qu'il vous aimait à la folie et qu'il souffrait beaucoup.

LA BARONNE.

Pouvais-je l'en empêcher ?

LE VICOMTE.

Ne vous trahissez pas, madame, ou bien, accordez-moi tout de suite que je ne suis pas un si mauvais sujet... M. de Marsan a été fort malheureux.

LA BARONNE.

Mais encore....

LE VICOMTE.

Eh bien, madame, vous voyez que le beau rôle me reste toujours puisque j'ai consenti à distraire

. une ambassadrice qui s'ennuyait,... tandis qu'à
un homme qui vous aimait, vous avez refusé....

LA BARONNE.

En vérité, monsieur, voilà une visite bien
étrange et des discours singuliers,... pour un
jour de courses....

LE VICOMTE.

Toujours est-il, madame, que voilà les hommes
bien malheureux. Placés entre la coquetterie
froide, dédaigneuse, provoquante, et le rêve absurde, la rage des émotions malsaines...

LA BARONNE.

Oh ! il y a bien des femmes qui valent mieux que
tout cela. Convenez cependant que nous ne se-
rions pas coquettes, si la fatuité des hommes ne
nous y forçait.

LE VICOMTE.

Et qu'est-ce qui cause la fatuité des hommes ?
La coquetterie des femmes. Nous tournons dans un
cercle vicieux. De tout cela il résulte la mé-
fiance. De part et d'autre on se soupçonne. Ainsi,
madame, vous venez de me juger fort peu chari-
tablement... Croyez-vous donc que le monde ne
soit pavé que de méchants ?

LA BARONNE.

Soyez juste, d'abord. Votre renommée...

LE VICOMTE.

Hélas, madame, vous en voyez la première vic-

4.

time. Quelques folies de jeunesse qui m'ont affiché et qui m'ont créé une réputation absurde, faudra-t-il les expier par votre mépris ? L'ai-je donc mérité ? En suis-je donc à me voir chasser de chez vous ?

(*La baronne fait un geste de dénégation.*)

LE VICOMTE.

Oh ! oui, chasser comme un indiscret mal élevé.

LA BARONNE.

Dites plutôt à vous voir éviter comme un danger.

LE VICOMTE.

Eh ! madame, ne comptez plus sur ma fatuité. Il y a longtemps qu'elle a pris la grande route, toute seule.

LA BARONNE.

Et *Blood-Royal* ne vous sert-il pas un peu pour courir après ?

LE VICOMTE.

Blood-Royal ! Voi'à mes succès... Succès de tu rf !

LA BARONNE.

Ne les méprisez donc pas à présent... ne fût-ce que grâce à un petit médaillon...

LE VICOMTE.

Voyons, vous ne me pardonnerez jamais d'avoir apporté ici le médaillon à la comtesse ?

LA BARONNE.

Avouez que c'était un prétexte inventé...

LE VICOMTE.

Inventé non, saisi avec empressement...

LA BARONNE, *vivement.*

Ah ! c'était donc pour elle...
(*Elle s'arrête embarrassée.*)

LE VICOMTE.

Comment ! vous pensez ?... Ah, madame, je me souviens trop du palais Doria. Le regard impérieux, la lèvre hautaine, la joue pâle, vous étiez belle comme une reine des contes de fées. Je ne vous dirai pas mon admiration, plus que cela, ce sens intime et caché qui part d'une réalité lumineuse, pour se confondre avec le rêve éblouissant. L'amitié me fit alors une loi de refouler ces impressions. Je vous rencontre ici, et à ma présentation, vous avez dû me trouver banal, lourd et bête. Que voulez-vous, madame ? On soutient bien mal sa réputation, parfois. Je me sentais timide. Et cependant un désir ardent de vous connaître, de vous approcher, d'être quelque chose, si ce n'est quelqu'un pour vous, s'emparait de moi. Mon éloignement et mon silence peuvent vous le prouver... Ne riez pas. Rien n'est

plus logique que ce paradoxe... Aujourd'hui, ce
prétexte tout trouvé, m'a donné un peu de cou-
rage pour arriver chez vous... Suis-je donc si
coupable et ne pourrai-je rien implorer de votre
indulgence ?

LA BARONNE.

Un tel plaidoyer ! Serait-ce à moi de vous demander pardon ?
(*Elle lui tend la main, le vicomte la baise avec effusion.*)

SCÈNE IV

LA BARONNE, LA COMTESSE, LE VICOMTE.

LA COMTESSE, *entrant.*

Ma chère, M. de Lucenay dîne au cercle. Je viens
te demander à dîner... Tiens, vous êtes encore là,
monsieur de Fresnes. Mais, qu'avez-vous donc
tous les deux ?

LA BARONNE.

Il y a, ma chère, que nous avons joué gros jeu,
M. de Fresnes et moi...

LA COMTESSE, *au vicomte, en riant.*

Encore un steeple-chase ?

LE VICOMTE.

Et j'ai été battu.

LA COMTESSE.

Aujourd'hui? pas possible.

LA BARONNE.

Non. Je veux vous faire croire au succès. Vous nous restez à dîner, n'est-ce pas, monsieur le vicomte?

FIN.

Décembre 1874.

CORBEIL. — Typ. et stér. de CRÉTÉ.

www.ingramcontent.com/pod-product-compliance
Ingram Content Group UK Ltd.
Pitfield, Milton Keynes, MK11 3LW, UK
UKHW020649120726
13658UKWH00006B/1213

9 782329 047706